The Patchwork Garden

Pedacitos de huerto

By/Por Diane de Anda

Illustrations by/Ilustraciones de Oksana Kemarskaya

Spanish translation by/Traducción al español de Gabriela Baeza Ventura

Piñata Books
Arte Público Press
Houston, Texas

Publication of *The Patchwork Garden* is funded by grants from the City of Houston through the Houston Arts Alliance, the Clayton Foundation, the W.K. Kellogg Foundation and the Simmons Foundation. We are grateful for their support.

Esta edición de *Pedacitos de huerto* ha sido subvencionada por medio de la ciudad de Houston a través del Houston Arts Alliance, Clayton Foundation, W.K. Kellogg Foundation y Simmons Foundation. Les agradecemos su apoyo.

Piñata Books are full of surprises!
¡Piñata Books están llenos de sorpresas!

Piñata Books
An Imprint of Arte Público Press
University of Houston
4902 Gulf Fwy, Bldg 19, Rm 100
Houston, Texas 77204-2004

Cover design by / Diseño de la portada por Bryan Dechter

de Anda, Diane.
    The Patchwork Garden = Pedacitos de huerto / by/por Diane de Anda ; illustrations by/ilustraciones de Oksana Kemarskaya ; Spanish translation by/traducción al español de Gabriela Baeza Ventura.
        p.   cm.
    In English and Spanish.
    ISBN 978-1-55885-763-6 (alk. paper)
    1. Gardening—Juvenile fiction. 2. Vegetables—Juvenile fiction. 3. Grandmothers—Juvenile fiction. 4. Communities—Juvenile fiction. [1. Gardening—Fiction. 2. Vegetable—Fiction. 3. Grandmothers—Fiction. 4. Community life—Fiction. 5. Spanish language materials—Bilingual.]
I. Kemarskaya, Oksana, ill. II. Ventura, Gabriela Baeza. III. Title. IV. Title: Pedacitos de huerto.
PZ73.D3865 2013
[E]—dc23
                                                                                    2012038640
                                                                                    CIP

Printed in Hong Kong in October 2012–December 2012
by Book Art Inc. / Paramout Printing Company Limited
12 11 10 9 8 7 6 5 4 3 2 1

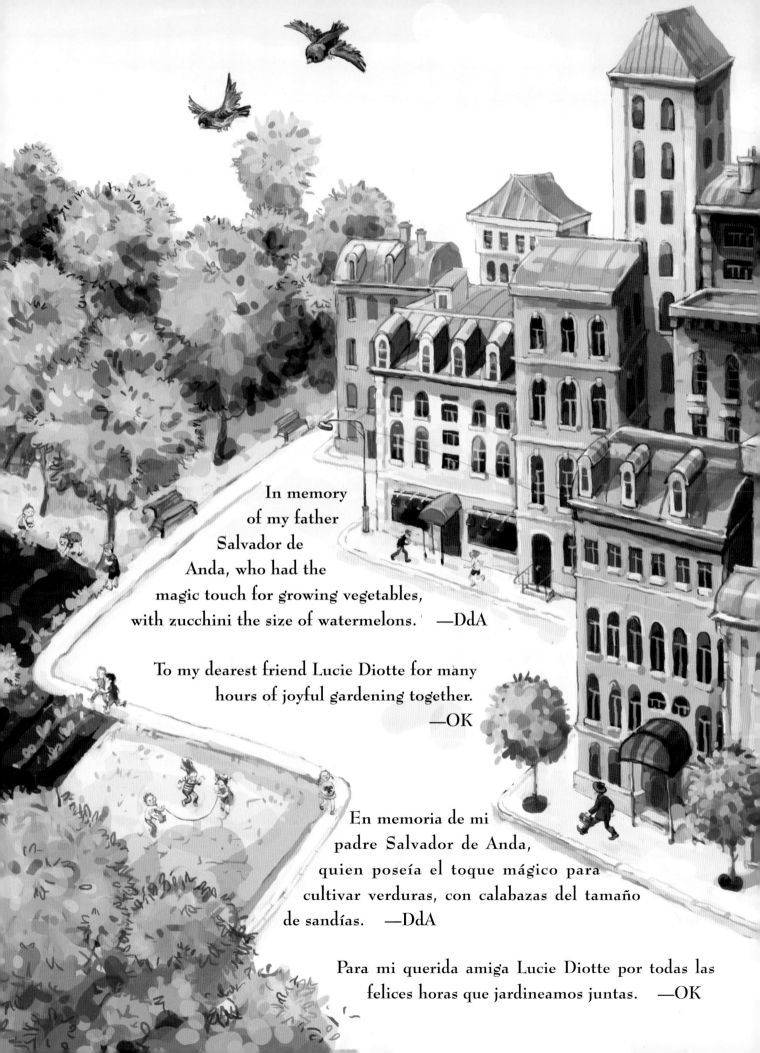

In memory
of my father
Salvador de
Anda, who had the
magic touch for growing vegetables,
with zucchini the size of watermelons.   —DdA

To my dearest friend Lucie Diotte for many
hours of joyful gardening together.
—OK

En memoria de mi
padre Salvador de Anda,
quien poseía el toque mágico para
cultivar verduras, con calabazas del tamaño
de sandías.   —DdA

Para mi querida amiga Lucie Diotte por todas las
felices horas que jardineamos juntas.   —OK

Abuela sat near the window where she could see the tiny stitches she was making on the bright green square of cloth. She smiled because it was the last square she needed to finish the patchwork quilt.

Abuela liked to tell stories about when she was a little girl. Toña loved the stories she told.

"When I was a girl, my family lived where there was lots of empty land. I planted a vegetable garden on my own little square patch of land. I can still taste the fresh tomatoes I grew. They taste much sweeter than the ones you buy in the store," said Abuela.

La abuela de Toña estaba sentada cerca de la ventana para poder ver las pequeñas puntadas que hacía en el pedazo de tela verde y brillante. Sonrió porque sabía que era el último cuadro que le faltaba para terminar la colcha de retazos.

A Abuela le gustaba contar historias de cuando era niña. A Toña le encantaban esas historias.

—Cuando era niña, mi familia vivía donde había muchos terrenos baldíos. Yo sembré un huerto en mi propio pedacito de tierra. Aún puedo saborear los tomates frescos que sembré. Saben más dulce que los que compras en el súper —dijo Abuela.

"I wish I could have my very own vegetable garden," replied Toña, "but there's nothing but cement around our apartment building."

"All you need is a little patch of land, and you can grow some tomatoes, spinach and broccoli or even squash and carrots," encouraged Abuela.

"Hmm," said Toña. "There's a little patch of dirt behind the church. But it's full of weeds."

"That's a good sign," said Abuela. "That means the soil is soft enough for plants to grow once you take out all the weeds."

—Me gustaría tener mi propio huerto —dijo Toña—, pero aquí sólo hay cemento alrededor de nuestro departamento.

—Sólo necesitas un pedacito de tierra para cultivar tomates, espinacas y brócoli o hasta calabazas y zanahorias —alentó Abuela.

—Ya —dijo Toña—. Hay un pedacito de tierra detrás de la iglesia. Pero está lleno de maleza.

—Eso es una buena señal —dijo Abuela—. Eso significa que la tierra está lo suficientemente blanda para que las plantas crezcan cuando saques toda la maleza.

The next morning, Toña and Abuela went to the church and talked to Father Anselmo.

"It sounds like a great idea," said Father Anselmo. "There will be beautiful green plants instead of the dry, ugly weeds."

"And you can take all the vegetables you want," added Toña.

"Ah," said Father Anselmo, thinking of fresh salads and steamed vegetables, "beautiful *and* healthy."

A la mañana siguiente, Toña y Abuela fueron a la iglesia para hablar con Padre Anselmo.

—Me parece una buena idea —dijo Padre Anselmo—. Habrá lindas plantas verdes en vez de maleza seca y fea.

—Y usted podrá quedarse con todas las verduras que quiera —agregó Toña.

—Ah —dijo Padre Anselmo, pensando en ensaladas frescas y en verduras cocidas al vapor— lindas *y* sanas.

Later that afternoon, Toña, her big brother Carlos and her father stood on the little square of dirt. Toña and Carlos pulled and yanked out weeds. They used small hand shovels called "trowels" to dig out the bigger ones. Then their father used his big shovel and dug into the dirt.

"We need to turn the soil and soften it up for planting," he said as he worked. They also added some fertilizer to the soil, to help the seeds and plants grow.

When they were done, they took big cans of water from their pick-up truck and wet the soil down.

Más tarde, Toña, su hermano mayor Carlos y su papá fueron al pedacito de tierra. Toña y Carlos arrancaron la maleza. Usaron pequeñas palas para cavar la maleza más grande. Después su papá usó la pala grande y cavó en la tierra.

—Tenemos que revolver la tierra para ablandarla y poder sembrar —dijo mientras trabajaba. También agregaron abono a la tierra para ayudar a las semillas y a las plantas.

Cuando acabaron, todos sacaron unos grandes botes de agua de la camioneta y mojaron la tierra.

After they finished, they picked up Abuela and drove to the garden store. Abuela helped Toña pick out packages of carrot, spinach and squash seeds. Then they chose little containers with small sprouting broccoli plants and tiny green tomato plants.

The lady at the cash register handed Toña cards on small sticks with pictures of the vegetables she had bought. "This tells you all the vitamins you will get from the different plants in your garden," she explained with a smile.

Cuando terminaron, fueron por Abuela y condujeron al vivero. Abuela le ayudó a Toña a escoger paquetitos con semillas de zanahoria, espinaca y calabaza. Después eligieron macetitas con brotes verdes de brócoli y pequeñas plantitas verdes de tomate.

La cajera le entregó a Toña tarjetas en pequeñas paletitas con fotos de las verduras que había comprado. —Esto te dirá todas las vitaminas que vas a recibir de las distintas plantas de tu huerto —explicó con una sonrisa.

The next day, Abuela and Toña arrived at the little patch of dirt with plants and seeds and their watering cans.

"First, we put on our straw hats to protect us from the sun while we work," warned Abuela.

Toña was so excited she could barely tie the ribbon that helped keep the hat on her head.

"Now we dig the holes for the seeds and plants," said Abuela as she handed Toña a trowel. "It was mine when I was a girl your age. It has planted so many seeds it can almost do it by itself," laughed Abuela.

Al día siguiente, Abuela y Toña llegaron al pedacito de huerto con plantas y semillas y sus regaderas.

—Primero nos ponemos los sombreros de paja para protegernos del sol mientras trabajamos —advirtió Abuela.

Toña estaba tan emocionada que apenas podía amarrarse el listón del sombrero para sujetárselo.

—Ahora vamos a cavar hoyos paras las semillas y las plantas —dijo Abuela al entregarle una pequeña pala a Toña—. Ésta era mía cuando tenía tu edad. Ha sembrado tantas semillas que hasta puede hacerlo sola —rio Abuela.

For the zucchini squash and spinach, they dug small holes only about an inch deep. They dropped in the seeds, then covered them over with the dirt they had taken out.

"Vines will grow with flowers on little stems that will turn into big green squash. Spinach will cover the ground with dark green leaves. Green vegetables are filled with vitamins," said Abuela.

The carrots needed more work. Toña and Abuela had to loosen up the dirt so the carrots could grow long and deep. "Carrots are roots. We need to make room for them to grow underground. Carrots keep our eyes healthy and help protect us from getting sick," explained Abuela.

Para las calabazas y las espinacas, cavaron pequeños hoyos de no más de una pulgada de profundidad. Colocaron las semillas y después las cubrieron con la tierra que habían sacado.

—Saldrán parras con flores y pequeños brotes que se transformarán en grandes calabazas verdes. Las espinacas cubrirán la tierra con hojas verde oscuro. Las verduras verdes están llenas de vitaminas —dijo Abuela.

Las zanahorias requerían más trabajo. Toña y Abuela tuvieron que aflojar la tierra para que las zanahorias pudieran crecer largas y profundas. —Las zanahorias son raíces. Tenemos que hacerles espacio para que crezcan bajo la tierra. Las zanahorias nos ayudan a mantener sanos los ojos, y nos protegen de las enfermedades —explicó Abuela.

Finally, they took all the little tomato plants out of their small plastic pots, tickled the soil around the roots to loosen them up and dug holes just the right size. Toña patted the soil around each plant with her hands until the dirt was nice and flat. Then she stuck the cards with the picture of a tomato and a silvery-green flower of broccoli in front of the row of plants. Each card said "VITAMIN C" in big letters, and listed more vitamins in smaller letters. When she was done, Abuela sprinkled the garden with her big green watering can.

"I know one more thing that needs a sprinkle," said Toña stretching her arms and hands toward Abuela. They both laughed as Abuela poured out the last of the water and watched little rivers of mud roll down Toña's arms and through her fingers.

Finalmente sacaron todas las plantas de tomate de las macetitas de plástico, les quitaron la tierra a las raíces para aflojarlas y cavaron hoyos del tamaño apropiado. Con las manos, Toña aplastó la tierra alrededor de cada planta hasta que ésta quedó bien plana. Luego puso las tarjetas con las fotos de un tomate y de una verde y plateada flor de brócoli enfrente de un surco. Cada tarjeta decía "VITAMINA C" en letras grandes, y listaba más vitaminas en letras pequeñas. Cuando terminó, Abuela regó el huerto con su gran regadera verde.

—Yo sé de algo más que necesita regarse —dijo Toña extendiendo los brazos y las manos hacia Abuela. Ambas rieron mientras Abuela vertía el resto del agua y veían riachuelos de lodo deslizarse por los brazos de Toña y entre sus dedos.

Abuela walked Toña home each day after school right past their little patch of garden. And each day they would sprinkle the thirsty plants with their watering cans and pull out any weeds that had sneaked in between their plants.

In a few short weeks, the garden was green with lacy carrot tops in a row, vines of squash curling on the ground and bushy green tomato plants. Wrinkled green spinach leaves lined the edge of the garden, and broccoli flowers bloomed. As the plants grew, more and more of the children and their parents passing by on their way home from school stopped to look and talk with Toña and Abuela about their garden.

"I wish we could have a garden," sighed many of the children.

"I wish we had a place for a garden," the parents sighed back.

Todos los días después de la escuela, Abuela y Toña pasaban por su pequeño huerto camino a casa. Y cada día regaban las sedientas plantas con sus regaderas y sacaban la maleza que se había colado entre las plantas.

En unas cuantas semanas, el huerto estaba verde con un surco de zanahorias con hojas caladas, enredaderas de calabaza retorciéndose en la tierra y plantas de tomate cubiertas de hojas. Arrugadas hojas verdes de espinaca rodeaban el huerto, y las flores de brócoli florecían. Mientras las plantas crecían, más y más niños y sus papás pasaban por el huerto camino a sus casas y se detenían para mirar y hablar con Toña y Abuela.

—Me gustaría tener un huerto —suspiraban muchos niños.

—Me gustaría tener un espacio para un huerto —suspiraban a su vez los papás.

"I feel sad, Abuela," said Toña one day.

"Why, *mi'jita*, don't you like working in the garden?" asked Abuela wrinkling her forehead.

"Oh, no, I love the garden. It just makes me sad when other kids wish they had one too. We'd need a big space for all the kids who would like to have a garden."

"Hmm," said Abuela, "all we really need are little patches of land to make their wishes come true."

Toña's eyes got very wide. The sadness she had felt seemed to melt away, and she began to jump up and down. Over and over again she crowed, "I know where some are! I know where some are! It would be just like your patchwork quilt. All the little squares would make one big garden."

—Estoy triste, Abuela —dijo Toña un día.

—¿Por qué, mi'jita, no te gusta trabajar en el huerto? —preguntó Abuela frunciendo el ceño.

—Ay, no, me encanta mi huerto. Me entristece cuando los niños también desean uno. Necesitamos un espacio grande para todos los niños que quieren un huerto.

—Bueno —dijo Abuela—, lo único que necesitamos son unos pedacitos de tierra para cumplir sus deseos.

Los ojos de Toña se hicieron grandes. La tristeza que sentía de repente se desapareció, y empezó a saltar. Una y otra vez alardeó —¡Yo sé dónde hay! ¡Yo sé dónde hay! Será como tu colcha de retazos. Todos los cuadritos formarán un huerto grande.

The next few days were very busy for Toña and Abuela. First Toña made a list of all the little patches of empty land she had noticed in the neighborhood. There were two at the park where flowers or bushes had dried up and had not been replaced. There were little patches of dirt in front of different stores she and Abuela passed on their way to school.

Next she asked Abuela to come with her to talk with the store owners.

"Think how beautiful it would be to have a garden right next to your store," Toña told them.

"Think how much easier it will be to keep your store clean without the empty spaces. No more customers carrying dirt into your store on their dusty shoes," added Abuela.

"Yes," said Mr. Sánchez, the owner of the shoe repair store.

Toña y Abuela estuvieron muy ocupadas los siguientes días. Primero, Toña hizo una lista de todos los pedacitos de tierra baldía que había en el barrio. Había dos en el parque donde flores o arbustos se habían secado y no habían sido remplazados. Había pequeños pedazos de tierra enfrente de varias tiendas por las que ella y Abuela pasaban camino a la escuela.

Luego le pidió a Abuela que la acompañara a hablar con los dueños de las tiendas.

—Imaginen qué lindo sería tener un huerto al lado de su tienda —les dijo Toña.

—Será más fácil mantener la tienda limpia sin esos espacios vacíos. Los clientes no meterán tierra a la tienda con sus zapatos sucios —agregó Abuela.

—Sí —dijo Señor Sánchez, el dueño de la zapatería.

"I'd love to have a garden here," said Miss Ruiz, pointing to the space in front of her beauty salon.

"It would be great to have a vegetable garden in front of the family clinic," said Dr. Martínez. "Vegetables make you healthy, you know," she added with a wink. "And because you eat them fresh from the garden, they have more vitamins than the ones in the store that have traveled so far from where they grew."

The park director liked the idea so much that he put up a little wire fence around the two little gardens so no one would trample the plants when they played in the park.

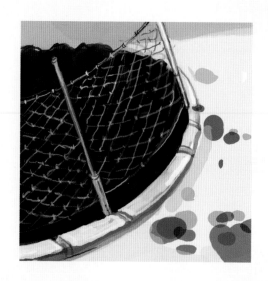

—Me encantaría tener un huerto aquí —dijo Señorita Ruiz al señalar el espacio enfrente del salón de belleza.

—Sería fantástico tener un huerto enfrente de la clínica familiar —dijo Doctor Martínez—. Las verduras son saludables, ¿sabes? —agregó con un guiño—. Y porque las comes recién cosechadas, tienen más vitaminas que las que se compran en el súper porque ésas tienen que viajar desde lejos, desde el lugar donde se cultivaron.

Al director del parque le gustó tanto la idea que puso un pequeño cerco de alambre alrededor de los dos pedacitos de huerto para que nadie pisara las plantas mientras jugaba en el parque.

When she got home, Toña wrote the address of each garden patch on a card. At the top of each card, she wrote: The Patchwork Garden Club.

Throughout the next week, Toña gave cards to all the children who sighed and wished they had a garden of their own. All they were asked to do was to bring some of their vegetables to the farmers' market in the park to share with others who did not get a piece of the patchwork garden.

"This way everyone in the neighborhood will have a chance to have fresh vegetables to make healthy meals," Toña told each new member of The Patchwork Garden Club.

Cuando llegó a casa, Toña escribió la dirección de cada pedazo de huerto en una tarjeta. Encima de cada tarjeta, escribió: Club Pedacitos de Huerto.

Durante la siguiente semana, Toña le dio una tarjeta a cada niño que deseaba tener un huerto propio. Lo único que les pidió fue que llevaran parte de sus verduras al mercado en el parque para compartir con los que no habían obtenido un pedacito de huerto.

—De esta manera, todos en el barrio tendrán la oportunidad de tener verduras frescas para preparar comida sana —le dijo Toña a cada miembro del Club Pedacitos de Huerto.

Soon, all across the neighborhood, where there had been bare patches of dirt, little green sprouts began to break through the earth. In a few weeks, long squash lay hidden under green leafy vines that covered the ground. Bouquets of broccoli stood in a row, and a carpet of spinach leaves circled the garden. Red tomatoes hung like Christmas bulbs from dark green stalks. The delicate tops of carrots danced in the breeze.

Then all of a sudden, a sound like the softest hum filled the air for blocks and blocks. "Mmmm," said all the children standing in the patchwork garden squares across the neighborhood as they bit into the sweetest tomatoes they had ever tasted!

Poco después, en todo el barrio, donde antes había terrenos baldíos, empezaron a brotar retoños verdes de la tierra. En unas semanas, había largas calabazas escondidas debajo de las ramas verdes y frondosas que cubrían la tierra. Los ramilletes de brócoli se erguían alineados, y una alfombra de hojas de espinaca rodeaba el huerto. Los tomates rojos colgaban de tallos verde-oscuros como lucecitas de Navidad. Las delicadas hojas de las zanahorias bailaban en la brisa.

De pronto, un sonido como un murmullo suave llenó el aire a lo largo de muchas y muchas cuadras. —Mmmm —dijeron los niños parados en los pedacitos de huerto repartidos por todo el barrio ¡al morder uno de los tomates más dulces que habían probado!

Diane de Anda is the author of six books for young readers that feature Latino families: *The Ice Dove and Other Stories, The Immortal Rooster and Other Stories, Dancing Miranda / Baila, Miranda baila, Kikiriki/ Quiquiriquí, The Monster in the Mattress and Other Stories / El monstruo en el colchón y otros cuentos* (which received a second place award at the International Latino Book Awards 2012) and *A Day without Sugar / Un día sin azúcar,* all published by Piñata Books. She has also written poetry for children in leading children's magazines. She is a retired UCLA professor who prepared social workers to help children, teens and their families. She lives with her husband, Don, in Los Angeles in a house filled with furry creatures: three dogs, two cats and a chinchilla named Diego. They have two sons, Dominic and Daniel.

Diane de Anda es autora de seis libros juveniles sobre familias latinas: *The Ice Dove and Other Stories, The Immortal Rooster and Other Stories, Dancing Miranda / Baila, Miranda, baila, Kikiriki/ Quiquiriquí, The Monster in the Mattress and Other Stories / El monstruo en el colchón y otros cuentos* (ganadora del segundo lugar en International Latino Book Awards 2012) y *A Day without Sugar / Un día sin azúcar,* todos publicados por Piñata Books. También ha publicado poesía en destacadas revistas. Diane se jubiló de UCLA donde preparó a trabajadores sociales para ayudar a niños, jóvenes y sus familias. Vive con su esposo Don en Los Ángeles en una casa llena de criaturas peludas: tres perros, dos gatos y una chinchilla llamada Diego. Tienen dos hijos, Dominic y Daniel.

Oksana Kemarskaya was born and raised in Ukraine which was formerly part of the Soviet Union. Her education and drawing skills have deep roots in The Academic School of Russian Fine Art. Her passion to draw began when she was three years old. By the age of 24, Oksana decided to explore the world and to experience new visions and lifestyles, so she moved to North America. She lives in Canada and works as a freelance illustrator for many international children's publishers.

Oksana Kemarskaya nació y se crió en Ucrania que antes era parte de la Unión Soviética. Estudió dibujo en The Academic School of Russian Fine Art. Su pasión por el dibujo empezó cuando apenas tenías tres años. A los 24, Oksana decidió explorar el mundo y experimentar nuevas visiones y estilos de vida, por lo que se mudó a Norte América. En la actualidad vive en Canadá donde trabaja como ilustradora independiente para editoriales infantiles internacionales.